60

1

Die

60

coolsten Philosophen

Herstellung und Verlag: Books on Demand GmbH, Norderstedt
ISBN 9-783833-495564

Inhalt

Zum Buch

Impressum..4
Inhaltsverzeichnis..5
Vorwort...6

Zur Sache

Cool (Plätze 60 bis 31).....................................9
Cooler (Plätze 30 bis 11)..................................40
Am Coolsten (Plätze 10 bis 1)..............................61

Zum Schluss

Nachwort...72
Literatur..74
Danksagung...76

Philosophie ist so eine Sache. Die Einen haben Spass dran, auf die Anderen wirkt sie eher abschreckend. Das hat schon seine Gründe. Wenn ein gelernter Philosoph einem Laien erklärt, man bräuchte acht Semester (vier Jahre!), um allein die *Kritik der reinen Vernunft* zu lesen und zu verstehen, dann denkt der Laie doch: Was hab ich davon? Ein einziges Buch von einem einzigen Philosophen, Immanuel Kant, hab ich dann gelesen und verstanden – und nun? Um alle Hauptwerke sämtlicher Klassiker zu lesen, brauch ich noch 99 mal 4 Jahre. Also lass ich gleich davon ab. Kernphysik ist eh interessanter.

Recht hat er. Besonders in den bunten Zeiten von heute. Es gibt zu viele Möglichkeiten, und die Möglichkeit, freitagabends über der *KrV* gebeugt zu sitzen und jedes Wort von Kant dreimal im Mund umzudrehen und jedes seiner alten weisen Haare zu spalten und zu vierteilen (hierzulande wird das Haar gespalten, in Frankreich z.B wird es geviertelt), ist sicherlich nicht die verführerischste von allen.

Heute muss Philosophie vor Allem eins leisten – sie muss Spass in die Welt bringen. In der quotenorientierten Unterhaltungsindustrie macht man schnelles Geld mit schnellem Witz: Alles, was über der

Gürtellinie passiert, steht schon lange ausserhalb des
öffentlichen Interesses. Die Abendunterhaltung im
Fernsehen gleicht einer verbalen Pornokiste, und da ist
es die Aufgabe der Philosophie, dieser Ersten
Wissenschaft, eine fröhliche Wissenschaft zu sein, und
statt sich von der Welt abzuschotten, sich ihr zu öffnen
und Spass in die Welt zu tragen.

Der Witz lebt von einem Paradox: Todernstes schlägt
unerwartet ins Witzige um. Das muss die Philosophie
für sich nutzen. Sie ist todernst. Übertreibt man den
Witz, dann ist er nicht mehr witzig – darum müssen
die Fernsehabendunterhalter immer tiefer unter die
Gürtellinie sinken, bis sie irgendwann auf dem Boden
der Tatsachen ankommen. Die Philosophie ist immer
auf dem Boden der Tatsachen, ja noch mehr – sie
bereitet erst den Boden für die Tatsachen.

Die Nachrichten finde ich witziger als jede
Unterhaltungssendung: da wird hin und wieder etwas
mit vollem Ernst gesagt, was eigentlich ein Witz ist.
Kein Witz ist aber die Tatsache, dass der Zuschauer
nicht mehr selbst entscheidet, was witzig ist und was
nicht, sondern systematisch dressiert wird, zu lachen,
wenn er dazu aufgefordert wird, und eine ernste Miene
zu ziehen, wenn zu bedrohlicher Musik elegant
angezogene Menschen mit noch ernsteren Mienen
wider besseres Wissen die Unwahrheit behaupten oder
Sachverhalte masslos übertreiben oder einfach nur
Quatsch erzählen.

Die Philosophie könnte anstatt sich alles was nicht mehr antik ist am Popo vorbei gehen zu lassen, die Menschen hier und heute ermutigen, selber zu denken, und selber herauszufinden, wann sie lachen und wann sie weinen sollen.

In diesem Buch stelle ich 60 Philosophen als Spassmacher vor. Mal behaupte ich wider besseres Wissen eine Unwahrheit, mal schreibe ich einfach Quatsch, mal übertreibe ich die Sachverhalte so sehr, dass aus einer Moralpredigt nichts als Komik wird. Das Buch soll Spass machen und einer falschen Ernsthaftigkeit insbesondere in Bezug auf die Philosophie, ihre Probleme und ihre grössten Denker vorbeugen. Die Persönlichkeiten sind hierarchisch angeordnet, die Messlatte ist die *Coolness*. Es wird so getan, als könnte man die Coolness messen, und zwar in Grad Celsius. Die Spanne der Lockerheit reicht von moderat coolen -8°C bis zum absoluten Cool...

Auf die Angabe der Lebensdaten verzichte ich, sie korrumpieren das Auge, indem sie das Bild des Denkers danach formen, zu welcher Zeit dieser gelebt hat. Also ist nur die *Lebenszeit* angegeben. Mit *Durchblick* ist die Tiefe der philosophischen Einsichten gemeint, in Prozentpunkten und nicht ganz ernst. Die *Wirkung* auf die Nachwelt wird nicht immer von der besten Seite beleuchtet und ist oft ironisch gemeint. Und nun wünsche ich viel Spass und bleibt

cool

Platz 60: Immanuel Kant

Kritisieren kann er. Das muss man ihm lassen. Sonst aber hat er wenig zu melden. Ein Scherz natürlich. Er hat mit der Transzendentalphilosophie angefangen; ohne ihn kein Hegel, ohne Hegel kein Marx, ohne Marx keine moderne Welt, wie wir sie kennen: kein historischer Materialismus, keine atheistische Religion als Alternative zum Katholizismus und keine sexuelle Revolution.

Die sexuelle Revolution käme Kant zu seinen Lebzeiten ganz gelegen. Er wollte so sehr, doch er schämte sich noch mehr. War halt ein Gentleman. Und zu intelligent für Sex. Aber er war bestimmt gut im Bett. Arme Weiber! Ihr habt eine wahre Sexbombe verpasst. 80 Jahre hatte er gelebt, ihr hattet genügend Zeit. Schade. Den G-Punkt kannte er nämlich Jahrhunderte vor seiner Entdeckung: er hatte ihn erfunden.

Lebenszeit: 80 Jahre
Durchblick: 44%
Wirkung: keine (alle kennen ihn, keiner liest ihn).
Coolness: -8°C

Platz 59: Francis Bacon

Die Übersetzung des englischen Wortes *Bacon* ins
Deutsche ist allgemein bekannt. Dementsprechend
lebte Francis Bacon, nicht auf Hartz 4. Der Spruch
„Wissen ist Macht" stammt von ihm. Im
frühneuzeitlichen England hatte er eine beachtliche
Machtfülle erlangt, zum König reichte es dann doch
nicht. Grund: er wurde nicht von einem König
gezeugt. So banal ist das, und Wissen hilft in diesem
Fall auch nicht weiter.

Bacon war ein Freiheitskämpfer. Er bekämpfte Idole:
auf dem Marktplatz, im Theater, im Stamm und sogar
in der Hölle. Dabei ging er induktiv vor, und zwar mit
der Methode des Ausschlusses. Ein Beispiel: Paris
Hilton ist ein Idol. Ist sie ein natürlicher Mensch?
Nein, wohl eher aus Gummi. Kein Idol des Stammes.
Kann sie schauspielern? Nein, also ist sie im Theater
nicht zu finden. Wird sie täglich von Schmerzen
gepeitscht? Nein, denn ihr Blick ist so ausdruckslos, als
hätte sie überhaupt keine Empfindung. Was bleibt
also? Richtig! Paris Hilton ist ein Idol des Marktes.

Lebenszeit: 65 Jahre
Durchblick: 23%
Wirkung: hat die Neuzeit mit eingeläutet
Coolness: -10°C

Platz 58: Julien Offray de La Mettrie

Um bei den Weibern gut anzukommen, schrieb er ein
Buch mit dem zugegeben coolen Namen *„Die
Maschine Mensch"*. Ein lockeres Büchlein, das nach
zwei-drei Glas Rotwein gut tut. Man amüsiert sich,
fängt an zu diskutieren, worin sich der Mensch von der
Maschine unterscheidet, findet schliesslich keinen
Unterschied und geht miteinander ins Bett. So viel zur
Theorie. Jetzt kommt die Praxis: Der Hedonismus ist
gut und witzig gemeint, eine ehrliche und durchaus
ehrbare Einstellung, aber sobald er in die falschen
Köpfe gelangt, wird daraus schiere Masslosigkeit, und
aus den ursprünglich geplanten zwei Wochen auf
Mallorca werden die 120 Tage von Sodom.
La Mettrie passt in die Epoche der Aufklärung wie die
Faust aufs Auge. Er ist radikaler Materialist, Mann des
freien und geflügelten Wortes, wahrscheinlich schwul.
Zu charmant für eine Hete. Achja, und er ist auch noch
heimlich einen Porsche gefahren. Da es zu seiner Zeit
keine Autos gegeben hatte, konnten die Historiker das
auch nicht wissen.

Lebenszeit: 42 Jahre
Durchblick: 4,8%
Wirkung: hat die Welt nicht verändert
Coolness: -11,3°C

Platz 57: Albert Schweitzer

Ein Musiker, aber kein Popstar. War nicht fürs
Berühmtsein berühmt, sondern für seine Lehre von der
Ehrfurcht vor dem Leben.
Jegliches Leben erhält sich am Leben, indem es den
Tod eines anderen Lebens herbeiführt. Nur die
Pflanzen tun keinem was. Aber es waren keine
Pflanzen, sondern Nilpferde, die dem Schweitzer die
Ehrfurcht vor dem Leben eingeflösst hatten. Beim
Anblick von Nilpferden hätte ich eher die Ehrfurcht
vor dem Tode. Aber mal ernsthaft: wie kann man
leben, ohne anderes Leben zu vernichten? Ehrfurcht
vor dem Leben...Vegetarier oder gar Veganer werden?
Unschuldige Pflanzen töten? Fleisch essen – das ist
wenigstens nachvollziehbar. Tiere töten Pflanzen oder
andere Tiere um zu essen, der Mensch tötet Tiere um
zu essen. Das ist der darwinistische Lauf der Welt.
Ehrfurcht vor dem Leben – muss nicht logisch sein,
Hauptsache der Gedanke mahnt zum Frieden an, und
Frieden ist eine ziemlich coole und entspannte Sache.

Lebenszeit: 90 Jahre
Durchblick: 6%
Wirkung: nicht dass ich wüsste
Coolness: -11,7°C

Platz 56: Konfuzius

Konfuzius is cool, man! Alles soll bitteschön so
bleiben, wie es ist. Noch besser: alles sollte werden,
wie es mal war. Der *status quo* ist einem guten
Konfuzianer nicht traditionell genug, der *status quo
ante* soll her. Aber schnell!
Der Vater hat immer Recht. Fast immer. Wenn der
Grossvater redet, hat der Vater natürlich zu schweigen.
Das Recht des Älteren. Man stelle sich vor, man ist 75
Jahre alt und wird wie ein kleiner Lausbub
rumkommandiert: der Vater ist 103 und topfit. Und
wenn man nicht gehorcht, gibt's die Rute.
Konfuzius steht nicht nur für die Erhaltung der
Tradition, sondern für Erhaltung schlechthin, deshalb
sollten die Umweltaktivisten den alten weisen Kung Fu
Tse zu ihrem Schirmherrn wählen. Keine Art darf
aussterben! Kein Wald abgeholzt werden! Kein Fluss
begradigt! Denn tut man das, so verhindert man, dass
alles so bleibt, wie es war.

Lebenszeit: ist ziemlich alt geworden
Durchblick: tief in die Vergangenheit
Wirkung: sehr gross (1,3 Milliarden Chinesen können
nicht irren)
Coolness: -12°C

Platz 55: Galileo Galilei

Er nahm alles zurück. Folter war nicht so sein Ding, er stand nicht auf Sado-Maso. Dennoch hätte er standhafter bleiben sollen, wollte er als ein Held in die Geschichte eingehen. So ist er aber als ein Schlitzohr in die Geschichte eingegangen. Egal, die Wissenschaft hat's weiter gebracht, und das ist allein wichtig. Oder? Keine Technokraten mehr unter den Lebenden? Wie schnell sich doch die Mode ändert! Der wissenschaftliche Fortschritt hat alle satt gemacht, die Lebensspanne verdreifacht, irre Sportkarren und coole Spielkonsolen an den Mann gebracht, und nun jammern all die Satten und Verwöhnten, die Wissenschaft zerstöre angeblich die Natur und den Menschen.

Galilei hat das Experiment in der Wissenschaft etabliert. Das ist sein Verdienst. Was er wann gesagt oder nicht gesagt hat, ist pupsegal - die Erde hätte sich auch dann weiter um die Sonne gedreht, wenn er seine berühmten Worte nicht gesagt hätte.

Lebenszeit: 78 Jahre
Durchblick:11%
Wirkung: hat wohl das erste wissenschaftliche Paradigma aufgestellt und damit die Welt verändert – nicht mit dem Geschwätz, das ihn berühmt machte.
Coolness: 13,3°C

Platz 54: Pythagoras

 Der Mann war Kult. Eine dunkle Gestalt schon zu Lebzeiten. Seine Schüler mussten erst ihre Ausbildung beenden, um ihrem Meister leibhaftig gegenübertreten zu können. Soweit die Legende.

 In der Realität war Pythagoras ziemlich uncool. Er war zwar gut im Mathe, aber das war´s auch schon. In Physik hatte er eine 5, in Deutsch eine 6 (war nicht seine Schuld: damals gab´s noch kein Deutsch). Als er erwachsen wurde, traf er eines Tages Superman am Strand. Superman beglückte Pythagoras mit einem ISDN-Anschluss, und dieser surfte einige Jahre im Internet, bis er eines Tages bei Wikipedia den Satz des Pythagoras fand. Dazu gibt es auch eine lyrische Version (aber leider nur auf Russisch):

> Пифагору Супермен
> Подключил ISDN.
> В интернете тот амбал
> Теоремы открывал.

Lebenszeit: ca. 40 Jahre
Durchblick: 0%
Wirkung: alles was nicht selbst Zahl ist, ist gezählt
Coolness: -14°C

Platz 53: Hegel

Der Mann hat so viele Namen...Darum: einfach nur Hegel. Die Dialektik hat er nicht erfunden. Die geht auf Heraklit zurück. Hat auch sonst sehr wenig zu melden. Ein unsympathischer verklemmter Schwätzer ohne jedes Mass bei der Selbstwahrnehmung. Hielt sich für den klügsten Menschen auf der Welt, für die Vollendung der Philosophie. Neigte, wie gesagt, ein Wenig zur Selbstüberschätzung.

Zur Zeit Hegels ging man nicht miteinander aus, man ging übereinander hinaus. So ging Fichte seinerzeit über Kant hinaus, woraufhin Hegel über Fichte hinausging. Kaum sah er sich um, und schon ging jemand auch über ihn hinaus. Muss Schelling gewesen sein, denn er hat Hegel überlebt. Das ganze Theater bekam einige Jahrzehnte später den Namen *Idealismus*.

Apropos Überleben: nicht jeder überlebt Hegels Hauptwerk „Phänomenologie des Geistes". Die einen werden wahnsinnig und wähnen sich als die Vollendung der Philosophie, wobei sie über Hegel hinaus gehen. Die anderen bekommen irgendwann einen Lachkrampf und hören rechtzeitig auf.

Lebenszeit: 61 Jahre
Durchblick: 90%
Wirkung: immens
Coolness: -15,5°C

Platz 52: Charles-Louis de Secondat, Baron de la Bréde et de Montesquieu

 Gut. Sagen wir einfach Charles. Charles lebte im absolutistischen Frankreich. Eines Tages sah er bei einem Waldspaziergang einen Geist – den Geist der Gesetze. Dieser Geist sprach zu ihm und befahl ihm, ein Buch zu schreiben. Nein, Charles ging nicht als Religionsstifter in die Geschichte ein. Hat aber nicht viel gefehlt. Jedenfalls brachte der Geist Charles auf eine prima Idee, nämlich die Idee, die Macht nicht als Monolith sondern als Kuchen zu betrachten. Was ist der Unterschied? Richtig. Den Kuchen kann man teilen. Teilt man den Kuchen, entsteht ein fröhlicher Kindergeburtstag; teilt man die Macht, entsteht Gewaltenteilung. Da aller guten Dinge drei sind, sollte die Macht im Staate dreigeteilt werden. Die drei Teile wurden später auf den martialischen Namen *Gewalt*en getauft und hiessen wie folgt: die Legislative, die Exekutive und die Judikative.
 Alles klar? Und jetzt lasse ich die Bombe platzen: Es war gar kein Geist! Charles hat einfach mal rüber nach England geschaut, wo die Gewaltenteilung schon seit Jahrhunderten funktionierte.

Lebenszeit: 66 Jahre
Durchblick: 9,2%
Wirkung: hat Ruhm erlangt
Coolness: -16,3°C

Platz 51: Der Kommentator

 Sein Name war Abù al-Walìd Muhammad b. Ahmad Ibn Rushd, und man nannte ihn einfach *Der Kommentator*. Ein ziemlich uncooler Spitzname, ausser man ist Philosoph.

 Ibn Rushd gab im zwölften Jahrhundert die Schriften des Aristoteles heraus, welcher im Mittelalter einfach *Der Philosoph* genannt wurde. Im christlichen Abendland war Aristoteles wenn nicht verboten, so zumindest indiziert. Das ging Ibn Rushd aber am Gesäss vorbei, und zwar aus dem folgenden Grund: er war gar kein Christ. So so, dann muss er woanders gelebt haben als in Europa, denn Nichtchrist konnte man im Abendland nicht sein. Das gab es einfach nicht. Entweder Christ oder tot, so tolerant waren unsere Urväter. Nun hat Ibn Rushd in Spanien gelebt. Wie ist das möglich? Neckermann gab´s noch nicht. Spanien war von Arabern und Mauren besetzt, und erlangte eine beispiellose Kulturblütezeit in seiner Geschichte. Man las Dostojewskij... und man entdeckte die lange verloren geglaubten Schriften des Aristoteles, und Ibn Rushd verlegte sie, nicht ganz ohne Kommentar, wie wir heute wissen.

Lebenszeit: 72 Jahre
Durchblick: 14%
Wirkung: hat Thomas von Aquin verursacht
Coolness: -17°C

Platz 50: Voltaire

 Volt kommt von Volta, nicht von Voltaire. Dennoch war Voltaire ein Hitzkopf, 10000 Volt hatte er locker drauf.

 Voltaire kämpfte für die Meinungsfreiheit. Und für die Redefreiheit. So wie Eminem heute. Nein, ein Rapper war Voltaire weiss Gott nicht, aber zumindest hat er gesessen. Im Hochsicherheitstrakt. Bastille hiess das Schlösschen. War eine Art Guantanamo im absolutistischen Frankreich. Dort wurden aber keine religiösen Fanatiker von friedliebenden Demokratieexporteuren hingebracht, im Gegenteil: die religiösen Fanatiker sperrten alle Demokraten, die sie finden konnten, in der Bastille ein.

 Voltaire kannte viele europäischen Monarchen persönlich. Der Fritz und die Kathi waren seine grössten Fans. Nur in seinem Heimatland wollte man ihm an den Kragen. Ein Prophet zählt halt nirgendwo so wenig wie im eigenen Land, wie schon der Messias wusste.

Lebenszeit: 84 Jahre
Durchblick: hat mal gesessen, also mindestens 10%
Wirkung: wird überschätzt. Es war die Missernte 1788, die das Volk Amok laufen liess, nicht seine schönen Worte.
Coolness: -17,7°C

Platz 49: Auguste Comte

Wieder ein Franzose, und wieder nicht Napoleon
Bonaparte. Es klingt vielleicht überraschend, aber
Napoleon war kein Philosoph. Echt nicht.
 Der gute Auguste war ein Erkenntnistheoretiker, d.h.
er theoretisierte das Erkennen. Dabei kristallisierte er
drei Phasen der Erkenntnis heraus: die (kindliche)
religiöse Phase, die (jugendliche) metaphysische Phase
und die (reife) postitiv-wissenschaftliche Phase. Armer
Sigmund Freud. Da ist ihm einer schon vor 100 Jahren
zuvorgekommen. Religion als kindliche Phase der
Welterkenntnis – ist das nicht ein Hammer?
 Ein Kind glaubt brav an Gott und den
Weihnachtsmann. In der Pubertät befreit sich der
Jugendliche von den naiven Mythen der Kindheit und
bastelt sich seine eigene Theorie über Gott und die
Welt zusammen, eine Metaphysik. Der
Heranwachsende nimmt irgendwann ein schlaues
Buch in die Hand und lernt Physik...

Lebenszeit: 59 Jahre
Durchblick: 33,3%
Wirkung: positiv. Hat den Positivismus begründet.
Coolness: -20°C

Platz 48: Der Philosoph

 Ist das nicht die Krönung für einen Philosophen, wenn man einfach *Der Philosoph* genannt wird? So geschah Aristoteles, aber nicht zu Lebzeiten. Nicht ohne Grund: fast zwei Jahrtausende lang war Aristoteles, wie Hegel sagen würde, die Vollendung der Philosophie. Sein philosophisches System war so schlau, dass es sich bis zur mittleren Neuzeit gegenüber allen anderen behaupten konnte. Damit hat er der Philosophie allerdings einen Bärendienst erwiesen: Wollte jemand mit dem Philosophieren anfangen, so konnte er nicht mehr hinter die Philosophie des Aristoteles zurückgehen, ansonsten wurde der Bursche vielleicht Mystiker oder Esoteriker, aber kein Philosoph.

 Gerd Müller erzielte mal 40 Tore in einer Bundesligasaison. Ein Rekord für die Ewigkeit, welcher die Stürmer von heute nicht motivieren, sondern nur demoralisieren kann. Einfach zu unerreichbar.Und so war auch Aristoteles.

Lebenszeit: 62 Jahre
Durchblick: 50%
Wirkung: fatal. Hat die Logik entdeckt.
Coolness: -22°C

Platz 47: John Locke

John Locke war der erste liberale Philosoph. Die Unabhängigkeitserklärung und die Verfassung der USA wurden im Wesentlichen von seinen Gedanken beeinflusst. Nun regieren die Konservativen in den Vereinigten Staaten, und es scheint so, als wäre der Unabhängigkeitskrieg letzten Endes doch verloren gegangen.

Privateigentum sichern – das war Lockes Anliegen. Jeder hatte das Recht, die Früchte seiner Arbeit für sich zu behalten, so die Idee. Selbst der König hatte kein Recht, einem Bürger seinen selbstgedrehten Joint wegzunehmen. Konstitutionelle Monarchie also.

Das Wort *locker* ist eines der coolsten Wörter in der deutschen Sprache, und man kann guten Gewissens sagen, es stamme von John Locke, obwohl das natürlich nicht stimmt. Einer, der den Empirismus ins Leben rief, hätte es aber verdient.

Lebenszeit: 72 Jahre
Durchblick: 25%
Wirkung: grandios. Vater des Liberalismus in der politischen Philosophie und Mutter des Empirismus in der Erkenntnistheorie.
Coolness: -24°C

Platz 46: Nicholo Macchiavelli

Es wäre machiavellistisch gewesen, Machiavelli nicht in diese Liste aufzunehmen.

Wie komme ich an die Macht? - das war alles was Machiavelli interessierte. Fast alles. Denn sobald ich an der Macht bin, muss ich wissen, wie ich dort auch bleibe. Ziemlich weltgewandt für einen Philosophen, fast schon unverschämt pragmatisch, machiavellistisch eben.

Sein Buch „Der Fürst" ist kurz und bündig. Steht nichts besonders Kluges drin, ist aber *problemorientiert*. Also gewissermassen wissenschaftlich.

Leider Gottes ist Machiavelli immer noch aktuell, denn die Welt denkt machiavellistisch. Nein, nicht problemorientiert. Das Andere. Das mit Machterwerb und Machterhaltung.

Lebenszeit: 58 Jahre
Durchblick: 22%
Wirkung: war der Nostradamus der politischen Philosophie. Erkannte, dass er in der Politik nur um Machtinteressen geht und gab der Nachwelt einen guten Rat, den sie auch bis heute befolgt : Moral hat in der Politik nichts zu suchen.
Coolness: -25°C

Platz 45: Charles Darwin

 Ein tiefgläubiger Mensch schockt die Welt mit der Erkenntnis, der Mensch sei vom Affen abgestammt. Solche Geschichten gibt's immer wieder, und sie sind faszinierend: zu Beginn des letzten Jahrhunderts führte ein konservativer Physiker namens Max Planck voübergehend das sogenannte Wirkungsquantum ein, das die Physik revolutionierte. Die Konservativen sind doch die besten Revoluzzer...
 Was ist Darwinismus? In der Geschichte gab es Tausende Philosophen, aber nur 60 haben´s in die Liste der Coolsten geschafft. Das ist Darwinismus. Nur die Besten kommen weiter.
 In der jüngsten Kulturgeschichte gab es eine bemerkenswerte Errungenschaft auf diesem Gebiet: die Saw-Filme. Sie zeigen ganz unverblümt, dass die Gesetze des menschlichen Lebens nicht voll und ganz durch die Gesellschaft bestimmt sind, sondern dass die Natur doch noch ein Wörtchen mitzureden hat. Ein darwinistisches Wörtchen, wie es aussieht.

Lebenszeit: 73 Jahre
Durchblick: 40%
Wirkung: der Evolutionsgedanke ist von Lamarck. Darwin übertrug ihn auf den Menschen – und das hatte Folgen, nicht nur für die Biologie.
Coolness: -26°C

Platz 44: Blaise Pascal

Ein brillianter Naturwissenschaftler, dessen
Leidensgeschichte ihn zwingt, alle Logik aufzugeben
und sich Gott zuzuwenden.

Ausgerechnet dieser scharfsinnige Forscher erfindet
die sogenannte *Logik des Herzens*, macht sie seitens
der Logik des Verstandes unangreifbar und feiert
seinen Wiedereintritt in die kindlich-religiöse Phase
(oder wie war´s bei Comte). Der Leidensdruck, dem er
ausgesetz war, muss mehrere Hektopascal betragen
haben. Ein schlimmes Schicksal.

Dennoch taucht Pascal bei den coolsten der Coolen
auf. Wieso? Nun, er ist ein Wegbereiter der
Existenzphilosophie. Nicht Sören Kierkegaard.
Kierkegaard war einfach der erste Existenzphilosoph,
der nur Existenzphilosoph war, und sonst nichts.
Pascal war noch Universalgelehrter. Überhaupt, im
siebzehnten Jahrhundert waren die Leute viel
gebildeter als heutzutage. Ach, die guten alten Zeiten;
Konfuzius hatte doch Recht.

Lebenszeit: 39 Jahre
Durchblick: hatte k.A.
*Wirkung: der atmosphärische Druck wird in der nach
ihm benannten Einheit Hektopascal gemessen.*
Coolness: -26,7°C

Platz 43: Platon

 Ach, dieser furchtabre Relativismus! Jeder hat auf seine Art Recht und keiner weiss so richtig, was Sache ist! Das war nicht nur heute so, - schon die alten Griechen hatten dieses Problem, welches komischerweise in der Geschichte immer im Zusammenhang mit Demokratie aufgetreten ist.
 Die altgriechischen Relativisten wurden Sophisten genannt, ihnen wollte Platon ein für alle mal das Maul stopfen. Und so erfand er seine Ideelehre, eine totalitäre Erkenntnistheorie, die die absolute Wahrheit für sich beanspruchte. Und gut war´s. Wer gegen Platon argumentieren wollte, musste sich im Rahmen seiner Ideenlehre bewegen, und wer sich im Rahmen seiner Ideenlehre bewegte, musste gegen den Meister immer den Kürzeren ziehen, denn es war Platon allein, der die absolute Wahrheit kannte, und wer nicht seiner Meinung war, der hatte die höchste der Ideen einfach noch nicht geschaut.

Lebenszeit: 80 Jahre
Durchblick: 51%
Wirkung: kolossal
Coolness: -28,8°C

Platz 42: Kurt Gödel

Man stelle sich eine Freudendame vor, die mit allen in der Stadt schläft, die nicht mit sich selbst schlafen. Bei Meier und Müller ist die Sache klar: Meier schläft nicht mit sich selbst, also erfreut er sich der gelegentlichen Besuche der Freudendame. Müller besorgt es sich selber, also kommt die Freudendame zu ihm nicht. So weit, so gut. Wie sieht´s nun mit der Freudendame selbst aus? Schläft sie mit sich selbst oder nicht? Der Mann, der sich diese Frage als Erster zu stellen traute, war der Mathematiker Kurt Gödel.
 Was ist so fantastisch an dieser Frage? Folgendes: Wenn die Freudendame mit sich selbst schläft, dann gehört sie zu denjenigen, die mit sich selbst schlafen und mit denen sie nicht schläft. Also schläft sie nicht mit sich selbst. Dann aber gehört sie zu denjenigen, die sich selbst nicht befriedigen können, und darum der Besuche der Freudendame -ihrer selbst -bedürfen. Einfacher gesagt: die Sachverhalte A und nicht-A verhalten sich kontradiktorisch zueinander (schliessen sich gegenseitig aus). Es gilt aber: wenn A zutrifft, dann trifft nicht-A zu; und das ist das Ende jeder Logik.

Lebenszeit: 72 Jahre
Durchblick: 14%
Wirkung: „Gödel? Kenn ich nicht. Ist das vielleicht der neue Insasse bei BigBrother?"
Coolness: -30°C

Platz 41: John Sturt Mill

Ein zivilisierter Engländer. Ein Gentleman. Jemand,
der lieber ein unzufriedener Mensch ist, als eine
zufriedene sagen wir mal Sau.
 Eines regnerischen Tages liest er aus purer Langweile
Darwins Buch über die Entstehung der Arten und
denkt sich: Klingt plausibel. Und kommt prima ohne
Gott aus. Gott gibt es also nicht. Klasse, man wird nicht
beobachtet! Andererseits kann man sich das Leben
nach dem Tod auch abschminken. Also: du hast nur
dieses eine Leben, macht verflucht nochmal das Beste
daraus! - Schnell entwirft er eine neue Ethik, die er
den *Utilitarismus* nennt und schreibt ein
gleichnamiges Buch. Dieses Buch wird heftig
diskutiert, obwohl es alles andere als kontrovers ist.
 Ethik... Ein Ethiker fragt sich: Was ist gut? Vor Mill
befand sich das Gute wenn nicht im Jenseits, so doch
zumindest im geistig-ideellen Bereich. Damit räumt er
konsequent auf. Gut ist, was gut tut. Eine empiristische
Ethik, die die Freiheit des Individuums so viel wie
nötig und so wenig wie möglich beschränkt – der
Wegbereiter der Sexuellen Revolution in der zweiten
Hälfte des letzten Jahrunderts heisst John Stuart Mill.

Lebenszeit: 67 Jahre
Durchblick: 22,5%
Wirkung: trug bei zum Werteverfall
Coolness: -31°C

Platz 40: Heraklit

Nichts hat Bestand, ausser dem Wandel. Keine ewigen Ideen, nichts, woran der Verstand haften bleiben kann. Fast schon wie bei Buddha. Nur war Heraklit von Ephesos erkenntnisorientiert – wissen aber nicht anwenden -, also ein Philosoph, kein Guru. Schade. Er hätte den westlichen Buddhismus gründen können.

Ein Sein gibt es bei Heraklit im strengen Sinne (im parmenideischen Sinne) nicht, nur ein Werden. Man kann nicht fünfmal in denselben Fluss steigen, aber auch nicht viermal, nicht dreimal, nicht zweimal. Nur *ein*mal. Darum ist alles, was ist, *ein*zigartig.

Heraklit war wie viele Vorsokratiker (Phiosophen, die noch frei daherphilosophierten, ohne den univoken Seinsbegriff) abergläubisch, er glaubte an die Elemente. Man sollte ihm das nicht übel nehmen – damals stimmte die Chemie einfach noch nicht. Das Periodensystem der Elemente kam erst 2300 Jahre später.

Lebenszeit: ca. 60 Jahre
Durchblick: 27%
Wirkung: indem Hegel sich seiner besten Ideen
bediente – des ewigen Werdens und der Dialektik
Coolness: - 33,2°C

Platz 39: Wilhelm von Ockham

Fussballtheorethisch gesehen, war Willy ein Minimalist. Es wäre ihm als Fussballtrainer eitel gewesen, drei Punkte mit einem schön herausgespielten 4:1-Sieg einzufahren, wenn es auch für ein unspektakuläres 1:0 drei Punkte gibt. Willy war jedoch Engländer, kein Italiener. Damals spielten die Italiener ganz schön brasilianisch: ein gewisser Thomas von Aquin vereinte in seinem Lebenswerk *Summa Theologiae* das Unvereinbare: den christlichen Glauben und die Philosophie des Aristoteles. Es kam etwas sehr Exotisches raus, aber es hielt nicht lange. Der Willy machte alles kaputt.

Es ging damals um die *Universalien*, die Allgemeinbegriffe, die in Platons Ideen ihren Ursprung hatten und deren wahre Existenz, also Realität, von den sogenannten *Realisten* postuliert wurde. Die *Nominalisten* hielten die Universalien für Hirngespinste, die allein Im Kopf des Denkers existierten, und nirgendwo in der realen Welt. Diese bösen Buben zettelten den *Universalienstreit* an, den heftigsten Showdown in der Philosophiegeschichte, und Willy war der Schlimmste von ihnen.

Lebenszeit: 64 Jahre
Durchblick: 13,387% (rasiermesserscharf berechnet)
Wirkung: zusammen mit der Pest Vorbote der Neuzeit
Coolness: -34,5°C

Platz 38: Sophokles

 Die Dramaturgie des Sophokles ist eine Art
Philosophie des Untergangs. Da will die junge fromme
Maria Lopez ihren im Bandenkrieg gefallenen Bruder
Raul zu Grabe tragen, aber ihr Onkel Pablo, der neue
Boss im Viertel, untersagt strengstens die Beerdigung
aller, die sich gegen sein Drogenkartell aufgelehnt
hatten. Eine Abschreckungsmassnahme um des
Friedens willen. Maria jedoch fühlt sich ihrem
Glauben verpflichtet und pfeift auf die Anordnung
ihres Onkels. Und dabei ist sie auch noch die Geliebte
seines Sohnes Pedro. Das kann nur schiefgehen...
 Sophokles überträgt diese Tragödie aus dem Mexiko
der Neunzigerjahre des letzten Jahrhunderts ins antike
Griechenland. Statt Maria heisst die junge Heldin
nunmehr Antigone, ist aber genau so bildhübsch und
stirbt am Ende auch. Alle sterben, bis auf Onkel Pablo,
der bei Sophokles Kreon heisst, und mit besonnensten
Ansichten und besten Absichten in die Katastrophe
stürzt. Er ist der eigentliche Held des Dramas
Antigone, denn die Anderen verlieren ihr Leben,
Kreon aber verliert alles.

Lebenszeit: frage das Orakel von Delphi
Durchblick: 11%
Wirkung: der Klassiker überhaupt. Klasse!
Coolness: -36,6°C

Platz 37: Rudolf Carnap

Carnap ist vor Allem wegen seiner Dichtonomie in die Geschichte eingegangen. Seine Dichtomanie bezog er auf allerlei Aussagen, und dieses Monsterding, das natürlich *Dichotomie* heisst und genau das auch bedeutet, teilte alle möglichen Aussagen in *empirische* und *sinnlose* Aussagen auf. Die Aussage „Ich glaube an Gott" ist sinnlos, da dem Begriff Gott keine empirische Entität zukommt. Ein Skandal! Und sowas nennt sich auch noch *Positivismus*! Dabei handelt es sich um kein positives Denken, eher um ein ziemlich negatives. Glaube nichts, was du nicht mit deinen eigenen Augen gesehen hast! Liebe ist ein leeres Wort! Casper gibt es nicht! Das führt unausweichlich in den Nihilismus, je mehr man darüber nachdenkt. Das Problem ist nur, dass die Aussage „Die Aussage A ist sinnlos" keinen Sinn haben kann, weil dem Wort *sinnlos* keine empirische Entität zukommt. Also gut, dann lassen wir neben der Empirie auch die Logik gelten. Das entstandene Machwerk nennen wir dann *logischer Empirismus* und führen die *Metaphysik*, die wir aus der Philosophie eigentlich verbannen wollten, mit dem Rationalismus, den wir mit der Logik zwangsläufig mitschleppen müssen, durch die Hintertür wieder ein.

Lebenszeit: 79 Jahre

Durchblick: 3%

Wirkung: hat mal kurz für Aufsehen gesorgt

Coolness: -37,2°C

Platz 36: Erastosthenes

 Als Kind lernt man im Geographieunterricht, dass die
Erde eine Scheibe ist und ihr Durchmesser 799
Kilometer beträgt. Oder so ähnlich. Jedenfalls hätte
mich keiner zur Zeit des Erastosthenes für diese
Unwissenheit ob der elementaren Tatsachen
ausgelacht, zumal noch viele Jahrhunderte nach ihm
die Kugelförmigkeit unserer Welt als Häresie galt, d.h.
als nicht politisch korrekt.

 Er(astosthenes) hatte kein schweres Gerät bei sich, nur
die Sonne und seinen Verstand. Dennoch war er der
Erste, der die Kugelförmigkeit unserer Welt nicht nur
behauptet, sondern auch bewiesen hatte, und ihren
Durchmesser für damalige Verhältnisse viel zu genau
berechnet hatte.

 Oder war alles ganz anders? Waren da höhere Mächte
im Spiel? Einzig in der Bibliothek von Alexandria
konnte man die Zeugnisse von den ausserirdischen
Besuchern des antiken Griechenlands ausfindig
machen, nur die ist leider abgefackelt worden. Die
Wahrheit ist aber immer noch irgendwo da draussen!

Lebenszeit: 80 Jahre
Durchblick: 19,5%
Wirkung: Dad der mathematischen Geographie
Coolness: -39,9°C

Platz 35: Jean-Jacques Rousseau

Die Zivilisation ist an Allem schuld! - so die Modehaltung der letzten Jahrzehnte. Durchaus berechtigt, aber alles andere als originell: Im achzehnten Jahrhundert lebte im fernen Frankreich ein alter weiser Mann, der schon damals wusste, dass die Zivilisation nichts als Unheil bringt.

Solange die Menschen Jäger und Sammler waren, war alles cool. Doch als der erste Ackerbauer sich niederliess und sein Gebiet gegen den Rest der Welt abgrenzte, fing die Leidenszeit der Menschheit an, auch bekannt als Weltgeschichte. Die Besitz-verhältnisse wie wir sie heute kennen basieren auf keinerlei Recht, sondern auf reiner Willkür. Der Spruch „Eigentum ist Diebstahl" ist zwar von Prodhon, aber in Rousseaus Gedankengang immanent enthalten.

Was lernt man? Kapitalismuskritik ist nicht neu. Und Kapitalismus ist nur eine kurze Phase in der Geschichte der Zivilisation, die dadurch definiert ist, dass *Besitz* in dieser Phase den Namen *Eigentum* trägt.

Lebenszeit: 66 Jahre
Durchblick: 31%
Wirkung: Robespierre war sein Schüler...
Coolness: -40°C

Platz 34: Bertrand Russell

Er war schon als Bub so: immer wenn es in der Klasse
Streit gab, kam er zum Schlichten. Nein? Dann eben
nicht. Hab keine Ahnung, bin kein Biograph. Hab nur
einen einführenden Satz gebraucht. 1962 schenkten
die beiden Supermächte USA und UdSSR der Welt die
Kubakrise. Das war eine enge Kiste, Gottogott, die
Welt wär beinah draufgegangen, aber Russell hat sie
gerettet. Als 90-jähriger mahnte er die beiden
Streithähne zur Vernunft, und der furchteinflössende
Diktator besann sich und gab nach. Hätte er nicht
nachgegeben, so hätte der Held der Freien Welt
ebendiese zurück in die Steinzeit katapultiert. Leider
hat die Vernunft gesiegt (komischerweise auf der Seite
der Unfreiheit), aber die Amis haben uns in den letzten
45 Jahren mit ihren Actionfilmen reichlich dafür
entschädigt.

Was Russel angeht, so hab ich das *Russellsche
Paradoxon* ausversehen Gödel zugeschrieben (es tut
mir leid), was das mathematische Genie Gödels gar
nicht nötig hätte: er bewies nämlich Gott selbst (alias
Albert Einstein), dass dessen eigene Relativitätstheorie
die Zeitreisen prinzipiell zuliess, was Gott dem Herrn
der modernen Physik gar nicht schmeckte.

Lebenszeit: 98 Jahre
Durchblick: blickte bis ins hohe Alter durch
Wirkung: hat die Welt vor dem Atomkrieg gerettet
Coolness: -44°C

Platz 33: Karl Popper

Das Wort *Poppen* wurde nicht nach ihm benannt. Er hatte nämlich Wichtigeres zu tun.

Die späte Neuzeit war die Zeit, in der die Wissenschaft boomte. Eine Entdeckung nach der anderen, und Erfindungen gleich hinterher. Doch der Wolkenkratzer der Wissenschaft war auf Sand gebaut. Die ganze Zeit hantierten die Wissenschaftler mit Induktionsschlüssen, die wie folgt aussahen: Man forschte z.B. über die Toten und kam immer zu dem Ergebnis, dass die Toten tot waren. Jeder neue Tote, der tatsächlich tot war, *verifizierte* die Arbeitshypothese „Alle Toten sind tot“. Was aber, wenn man einen Toten findet, der nicht tot ist? - dachte Popper. Dann ist die Aussage „Alle Toten sind tot“ widerlegt bzw. *falsifiziert*.

Und tatsächlich wurden in den Archiven Berichte von Toten gefunden, die nicht tot waren – etwas Jesus von Nazareth oder Graf Dracula.

Lebenszeit: 92 Jahre
Durchblick: 20%
Wirkung: war Vorbote der Postmoderne
Coolness: -45°C

Platz 32: Sören Kierkegaard

 Ist Angst cool? Wenn nicht, warum sind dann die Hälfte aller Nicht-Pornofilme in der Videothek Horrorfilme? Das dachte sich auch Kierkegaard und schrieb ein Buch mit dem Titel „Furcht und Zittern". Das Danish Dynamite der Existenzphilosophie zündete aber recht spät – erst gegen Ende des neunzehnten Jahrhunderts („Furcht und Zittern" kam noch vor Marxens Kommunistischem Manifest raus).
 Theologie war damals einfach nicht in. Die soziale Frage hatte mehr Priorität, und mitten im Mitteleuropa verkündeten wild gewordene Ärzte und Biologen, sie hätten die Existenz der Seele widerlegt und die Wahrheit des Materialismus bewiesen.
 Interessant an Kierkegaard ist ausser seiner unbändigen Furcht sein Drei-Stadien-Modell der Persönlichkeitsentwicklung. Der Mensch entwickle sich vom *Ästhetiker* über den *Ethiker* zum *religiösen* Menschen. Dabei sollte das Herz immer mehr aufgehen und der Verstand zurückgedrängt werden, bis man ihn schliesslich als Religiöser völlig zugunsten des Paradoxes aufgab – wer genug Phantasie hat, wird leicht an die Phasen von Comte erinnert – bei Kierkegaard entwickelt sich der Mensch andersrum.
Lebenszeit: 42 Jahre
Durchblick: hat gänzlich seinem Glauben geopfert
Wirkung: zündete spät, aber zündete
Coolness: -46°C

Platz 31: Hesiod

Die Geschichtsphilosophie gilt für viele als ein Kind
der französischen Aufklärung; diejenigen, die aus
welchen Gründen auch immer Samstagabends viel
Freizeit hatten, würden wahrscheinlich den wenig
bekannten italienischen Geschichtsphilosophen
Giambattista Vico erwähnen. Wäre ich politisch
korrekt, so würde ich aus Mitleid zustimmen. Als
Philosoph kann man nicht politisch korrekt sein –
Philosophie ist die Wissenschaft der Wahrheit, keine
Sozialwissenschaft. Und die Wahrheit ist, dass schon
zwei Jahrtausende vor Vico der älteste der alten
Griechen (abgesehen von Homer) auf die Idee
gekommen war, Geschichte zum Gegenstand der
Philosophie zu machen.

Hesiod vertrat die Lehre der *Devolution*, der ständigen
Verschlechterung der Welt in fünf Phasen. Dabei hatte
er die Totalität des Weltgeschehens im Auge – die
Aufklärer stellten hingegen die menschliche Spezies
schamlos in den Mittelpunkt der Weltgeschichte und
sahen dieselbe als menschengemacht an. Der Grössen-
wahn der Neuzeit ist nun keineswegs Geschichte, und
er ist einer der Gründe, warum heute bei der ganzen
Aufregung um den Klimawandel seine ein-
leuchtendste Ursache gar nicht ins Auge fällt.

Lebenszeit: lang her, aber nicht lang. Langt das?
Durchblick: konnte gucken, im Gegensatz zu Homer
Wirkung: rationalisierte den Mythos
Coolness: -49°C

cooler

Platz 30: Michail Bakunin

 Warum ist Russland kein Land der grossen
Philosophen? Ein Philosoph ist ein Mensch, der neue
Gedanken hervorbringt, sie aber nicht in die Tat
umsetzt. Das ist ganz und gar unrussisch. Die Russen
sind, wie die Amis, Pragmatiker. Es zählt das Resultat.
Darum hat das Denken um des Denkens willen in
Russland nie Wurzeln geschlagen.

 Eine zweite Besonderheit Russlands besteht darin, dass
es Dinge in die Tat umsetzt, die woanders gedacht und
für Russland gar nicht geeignet waren – so die
Oktoberrevolution von 1917. Oder ein anderer Fall:
Ein russischer Student liest zufällig mal Hegel und
flippt aus. Er wird Hegelianer mit einem so heftigen
Zug nach links, dass ihm irgendwann auch Marx nicht
links genug ist. Er wird quer durch Europa wegen
seiner Überzeugungen gejagt, erklärt er doch die
Individualanarchie Proudhons zu einer Massen-
angelegenheit. Sein Ziel ist die uneingeschränkte
Befreiung der Arbeiterklasse, eine *anarchische*
Gesellschaft, die sich ohne Herrschaft verwaltet. Der
coolste Hitzkopf des neunzehnten Jahrhunderts...

Lebenszeit: 62 Jahre
Durchblick: 7%
Wirkung: stolzer Vater des Anarchismus
Coolness: -50°C

Platz 29: Niels Bohr

 Bohr war Physiker. Dennoch gehört er hierher. Was
wäre denn die Philosophie ohne die sogenannten
Einzelwissenschaften? Philosophie reflektiert das
positive Wissen und ist mit ihrem Wahrheitsanspruch
die Bedingung für die Einheit der Wissenschaften.
 So wurde aus der Lösung eines physikalischen
Problems durch Bohr eine philosophische Leistung, die
dem eindimensionalen naturwissenschaftlichen Welt-
bild eine Tiefendimension verlieh. Es ging um
Folgendes: einige subatomare Teilchen wie Elektronen
oder Photonen erwiesen sich als Teilchen und Welle
gleichermassen – je nachdem, wie das Experiment
angeordnet war. Immanent war dieser Widerspruch
nicht zu lösen: Welche Erscheinungsform
repräsentierte nun die wahre Natur dieser Teilchen?
Bohrs Antwort war: Gar keine. Die subatomaren
Teilchen sind keine Körper im klassisch-newtonschen
Sinne, sie sind blosse Metaphern für mikrokosmische
Entitäten, für die es im Meso- und Makrokosmos kein
Pendant gibt. Die Teilchen- und Wellennatur sind
komplementär, sie ergänzen einander zu einer Wirk-
lichkeit, sind für sich allein genommen aber nur
experimentbedingte Wahrnehmungsarten derselben.
Lebenszeit: 77 Jahre
Durchblick: 27%
Wirkung: nur auf subatomarer Ebene
Coolness: -51,5°C

Platz 28: Gottfried Wilhelm Leibniz

Er war ein brillianter Mathematiker, als Philosoph
war er jedoch ein Keks. So streng er im Rechnen war,
so lässig war er im Philosophieren, und schrieb ein
Buch zur Verteidigung des christlichen Gottesbildes
von einem guten, allmächtigen und allwissenden Gott
angesichts des Übels in der Welt. *Theodizee*, die
Rechtfertigung Gottes. Das Argumentationsschema
läuft so: wäre die Erde etwas weiter weg von der lieben
Sonne, würde die Welt erfrieren. Stünde die Welt auf
zwei statt drei Elefanten, würde sie irgendwann zur
Seite kippen. Also ist unsere Welt die beste aller
Möglichen. Das ist Optimismus pur, mit Philosophie
hat das nichts zu tun. Eine Welt, die gerade noch gut
genug ist, dass sie nicht auseinanderbricht, ist selbst-
verständlich die schlechteste aller Möglichen – doch es
hat fast 150 Jahre gedauert bis ein echter Philosoph die
kopfgestellte Wahrheit wieder auf den Boden der
Tatsachen sellte. Bis dahin las man das ganze
achzehnte Jahrhundert lang Leibnizens Theodizee und
hielt sich ebendeshalb für extrem gebildet. Was soll´s,
manchmal tut Wunschdenken gut, und der Leibniz-
Keks ist auch nicht der schlechteste aller Möglichen.

Lebenszeit: 70 Jahre
Durchblick: dafür war er gut in Mathe
Wirkung: Monaden wechselwirken nicht
Coolness: -52,2°C

Platz 27: Rene Descartes

Nein, so schlecht war der Leibniz auch wieder nicht. Abgesehen vom Optimismus, waren seine An- und Einsichten gut und richtig. Seine *Monandenlehre* war eine konsequente Weiterführung des Grundgedankens des *Rationalismus* „Ich denke, also bin ich", den sich Descartes in der Tiefe des schwedischen Waldes erdacht hatte. Descartes ging nach Schweden, um zu meditieren. Schon bald, nachdem er sämtliche Atemübungen beherrschte, wurde der vom Zweifel erleuchtet. Er zweifelte an Allem – an der Wirklichkeit der Flasche Whiskey auf dem Tisch, an den Ergebnissen seines Vaterschaftstests und schliesslich gar an seiner eigenen Existenz. Kurz vor dem Wahnsinn, wurde er von einem Freund, einem schwedischen Webdesigner, in die Realität zurückgeholt. „Mensch, wenn du zweifelst, dann musst du ja existieren!" Da klingelte es beim Cartesius. „Alter Schwede!" dankte er seinem Retter und begründete die neuzeitliche Philosophie des Abendlandes.

Und Leibniz? Leibniz erkannte, dass der cartesianische Ansatz mit Vollgas in den Solipsismus führte – ein Fehler, den der listige Cartesius methodisch vernachlässigt hatte – er wollte nie wieder zweifeln.

Lebenszeit: 54 Jahre

Durchblick: 2,2%

Wirkung: die Zweifel gehen, coole Sprüche bleiben...

Coolness: -53,3°C

Platz 26: Karl Marx

Karl Marx war ein besonderer Philosoph. Wenn man bedenkt, dass ein Philosoph etwas neues denkt, es aber niemals in die Realität umsetzt, so war Marx als Philosoph ein echter Pragmatiker: Er dachte nämlich, dass man Gedachtes in die Realität umsetzen sollte.
 Was bei Goethe für´s Individuum bestimmt war – nicht nur wissen, sondern auch anwenden -, wandte Marx gleich auf eine ganze soziale Klasse an. Das *Proletariat* nämlich sollte Marx lesen und seinen guten Rat in die Tat umsetzen. Die Antwort auf die soziale Frage war schliesslich eine Teilung der Welt in zwei Blöcke, so, wie es von Marx gar nicht gedacht war.
 Vielleicht sollten die Philosophen die Welt erklären, statt sie zu verändern, denn eine Ideologie der Veränderung macht die Veränderung zum Selbstzweck. Und dass die Welt immer veränderungs-bedürftig sein wird, ist so sicher, wie das Versteck in der Scheune und die Gier im menschlichen Herzen.

Lebenszeit: 65 Jahre
Durchblick: 19,3%
Wirkung: ein gescheitertes Experiment liefert zu wenig empirische Daten. Wenn die hunderste Weltrevolution scheitert, dann kann man anfangen, nach einer Alternative zum Kommunsimus zu suchen.
Coolness: -54°C

Platz 25: Demokrit

Wer erkennen will, was die Welt im Innersten zusammenhält, muss nicht zum Äussersten gehen. Anders als Goethes Dr. Faust mixte sich Demokrit kein Dope und beschwor auch keinen Erdgeist. Fröhlich und gelassen philosophierte er daher, und Zeit dafür hatte er mehr als genug. 110 Jahre soll er gelebt haben, so will die Legende.

Demokrit etablierte den Mikrokosmos in der Gedankenwelt. Hatten Naturphilosophen vor ihm Produkte aus dem täglichen Bedarf als den Urstoff der Welt vermutet (Wasser, Feuer, Luft, Liebe und Streit), so stöberte Demokrit ein Wenig in der Welt des Luxus. Sein Auge viel auf die Billiardkugeln, die in lauten und stickigen Bars auf grünen Tischen durch gewaltsame Einwirkung des Queues immer wieder zusammenstiessen und auseinanderdrifteten. Es blieb nur noch, die Billiardkugeln gedanklich zu verkleinern, und schon kam er zum gewünschten Ergebnis: etwas so Kleines, dass es für das menschliche Auge nicht sichtbar ist und so Einfaches, dass es als Baustein aller etwas komplizierteren Dinge durchgehen könnte. Er hatte das Atom erfunden, entdeckt wurde es erst 2300 später...

Lebenszeit: ca. 110 Jahre
Durchblick: 5%
Wirkung: bis zum Atomausstieg
Coolness: -55,5°C

Platz 24: Lucius Annaeus Seneca

Nie brauchte die Welt Seneca dringender als heute. Er war einst der Erzieher des mächtigsten Mannes auf der Welt und ein kulturkritischer Zeitgenosse, der den höchsten Wert nicht in der extremsten Ausschweifung sah, sondern in der Ruhe.

Die heutige Welt wird von einer Ideologie der Ruh- und Rastlosigkeit beherrscht, die Musse gilt als Laster, Langeweile peitscht uns durchs Leben. Als Lohnarbeiter dienen die meisten Menschen dem Kapital, welches sich vom Kapitalisten längst verselbstständigt hat und nur ein Ziel kennt – ständiges Wachstum -, wie die Krebszelle, die Ursache der wohl häufigsten und nicht gerade schmerzlosesten Erkrankung auf dem Planeten. Und wir nehmen dankbar jeden Schmerz auf uns, solange er die Langeweile von uns fernhält.

Ist Langeweile wirklich so schlimm für uns? So schlimm, wie für den Teufel das Weihwasser, wie Gottes Blicke für den Sünder. So wie ein Sünder Gott nicht ertragen kann, können wir uns selbst nicht mehr ertragen – wir haben uns von uns selbst entfremdet, müssen ständig Gas geben und kommen nie mehr zur Ruhe, und machen jede auch so selbstzerstörerische Dummheit mit – Hauptsache, es wird nie langweilig...

Lebenszeit: 69 Jahre

Durchblick:12,1%

Wirkung: wäre heilsam für die heutige Welt.

Coolness: -60°C

Platz 23: Georges Bataille

Was predigt dieser Spassvogel hier für eine Moral? Ist
er blöd? Leben wir heute nicht so gut wie nie zuvor? -
solange der Tank voll ist, gewiss. Sind wir leer uns
ausgebrannt, so sind wir für die Welt nur noch Abfall,
verbrauchte Batterien, die man entsorgen muss. Die
Depression wird in den nächsten zwanzig Jahren zur
Zivilisationskrankheit Nr.1 aufsteigen, so gut geht es
uns heute.

Die Ursachen für die irre Welt von heute hat Georges
Bataille in der Reformation gefunden. Damals änderte
sich die Arbeitsethik radikal. Aus dem Jammertal des
Mittelalters wurde eine Sportarena für Wirtschafts-
gladiatoren, die ihre Gier als eine Stimme Gottes
deuteten und Reichtum als ein Zeichen göttlicher
Wertschätzung. Nun war genug nicht mehr genug, der
Surplus der Produktion wurde als Kapital immer
weiter angehäuft und geriet schliesslich ausser
Kontrolle. Heute besitzt das Kapital seinen Besitzer.

Früher opferte Mensch den Surplus auf dem Altar
oder für Kriege, heute wird Mensch dem Surplus
geopfert. Er zwingt uns, immer mehr zu fressen, bis
wir platzen. Aber solange der Fernseher läuft....

Lebenszeit: 65 Jahre
Durchblick: 14%
Wirkung: muss erstmal wirken
Coolness: -61°C

Platz 22: Sigmund Freud

Der Begründer der Psychoanalyse hat, kann man so
sagen, die Ausrede erfunden. Er machte Schluss mit
der Idee der Verantwortung des Einzelnen für sein
Handeln. Die schlechte Kindheit ist an allem Schuld.
Das ist wahrhaft listig – der Täter wird vom schuldigen
Verbrecher zum unschuldigen Kind und die Beweislast
kehrt sich zuungunsten des Opfers um. Warum hat das
Opfer dieses arme Kind, das vom Vater verprügelt und
von der Mutter nicht genug behütet wurde, auf der
Strasse so komisch angesehen? Klar hatte er eine
Walter in der Hand, na und? Sicher hat er das Opfer
angeflirtet und um etwas Geld gebeten – ist das aber
ein Grund, einfach wegzulaufen, und ihn allein zu
lassen, so wie einst die Mutter? Er konnte nichts dafür,
dass er geschossen hat. Das ist höhere *Psychologie*.
Doch es kommt noch besser: Freud reduzierte alle
Motive des menschlichen Handelns auf ein einziges:
Sex. Es waren gar nicht die Schläge des Vaters, die den
armen Mann zum Verbrecher machten. Sein Vater
hatte ihm nicht erlaubt, mit der Mutter zu schlafen.

Lebenszeit: 83 Jahre
Durchblick: sah messerscharf durch die Sex-Brille
Wirkung: psychologisierte die Welt
Coolness: -63°C

Platz 21: Plotin

 Es gab doch mal diesen sogenannten *Pantheismus*, die
Ansicht, Gott und die Welt wären eins und dasselbe.
Für Atheisten war´s ein toller Trick, Gott aus ihren
Rechnungen verschwinden zu lassen, für einen grossen
Systemphilosophen aus dem siebzehnten Jahrhundert
ein Weg zum System, das die Gesamtheit der Welt
erfasste, aber ohne Mythos und Mystery.
 Tricks heissen nicht umsonst Tricks. Einsteins
berühmte Formel ist kein Trick: sie erweist sich nicht
als Blödsinn, wenn man ihre Bedeutung erfährt. Der
Pantheismus schon. *Gott* ist begrifflich das Höchste,
die erste Ursache allen Seienden, die selbst durch
nichts verursacht ist. Die Welt ist ein Seiendes, sie
muss eine Ursache haben. Wenn Gott und die Welt
dasselbe sind, dann ist Gott als Seiendes nicht dessen
erste Ursache, sondern selbst Verursachtes – also nicht
Gott. Richtig heisst es: Gott, die Ursache allen
Seienden, ist selbst Nichtseiendes, eine unendliche
Leerheit, aus der die Fülle des Seienden *emaniert*. Die
Emanationslehre verdankt die Welt Plotin, dem letz-
ten Philosophen der europäischen Antike. Bevor das
Christentum sich Europas geistig bemächtigte, wurde
das Tao noch in letzter Sekunde begrifflich erfasst.
 Lebenszeit: unsterblich
Durchblick: 60%
Wirkung: geistige Höchstleistung ohne Folgen
Coolness: -65°C

Platz 20: Aurelius Augustinus

Hat keine Sünde ausgelassen, um schliesslich der philosophische Begründer des Christentums zu werden. Ohne zu übertreiben, kann man sagen: Augustinus hat *das christliche Abendland* gegründet.

Er war der klassische verlorene Sohn und seine Biographie ähnelte sehr der von Paulus. Der Paulus wandelte sich vom Schurken zum religiösen Fanatiker, aber er war nie ein Philosoph. Ein Hassprediger, der das Hohelied der Liebe verfasste – Hass und Liebe sind eben zwei Seiten derselben Medaille.

Augustinus versuchte, die Attribute des christlichen Gottes logisch widerspruchsfrei zu vereinen. Ein netter Versuch. Die Allwissenheit Gottes sollte der Willensfreiheit des Menschen nicht widersprechen – dieses Problem hat Augustinus locker gelöst. Doch sein Fall ist nicht aufgrund seiner Gedankenspielerei so typisch, gar paradigmatisch für das Christentum. Vom verlorenen Sohn über Paulus zu Augustinus zieht sich die christliche Musterbiographie: erst die Sau rauslassen, dann zu Gott finden. Und der Fehler des guten Sohnes ist, von sich aus gut zu sein, ohne eine spektakuläre Rettungsaktion von oben.

Lebenszeit: 76 Jahre
Durchblick: 22,2%
Wirkung: fast keine ausserhalb Europas
Coolness: -66,6°C

Platz 19: Albert Einstein

1640 gründete Descartes den *Rationalismus*, 1690 erfand Locke den *Empirismus* und 1780 scheiterte Kant an einer Vereinigung von beiden. Es war weiterhin Kampf angesagt, und der Empirismus hatte die Nase ganz weit vorn. Die Erfolge der empirischen Wissenschaft im neunzehnten Jahrhundert waren bestechend, und der empiristischen Weltherrschaft stand nichts mehr im Wege. Doch es war ausgerechnet ein Naturwissenschaftler, der Physiker Albert Einstein, ein Undercover-Agent im Auftrag der Vernunft, der den Empirismus in die Relativität beförderte.

Nach der *Relativitätstheorie* ist das Universum ein vierdimensionales Raumzeit-Kontinuum. Die Sinnlichkeit kann ein solches Monstrum *nicht-euklidischer Geometrie* nicht wahrnehmen, der Verstand kann sich ein solches denken. Die Relativitätstheorie beschreibt also eine Wirklichkeit, die nicht sinnlich, sondern nur intellektuell erfassbar ist.

Nein, so einfach ist das nicht. Die Experimente, an denen der Wahrheitsgehalt der RT gemessen wird, sind empirisch, und werden mit einer Art Verlängerung der Sinnesorgane durchgeführt. Ohne die Empirie könnte keine Theorie wahr sein – es gäbe keine Wirklichkeit, der sie zu entsprechen hätte.

Lebenszeit: 76 Jahre

Durchblick: 25%

Wirkung: etablierte einen Absolutismus der Relativität

Coolness: -70°C

Platz 18: David Hume

Wie Descartes, war Hume ein 50%-Skeptiker.
Cartesius misstraute der Sinnlichkeit, Hume dem
Verstand. Dinge wie die Naturgesetze sind bloss
Illusionen, eine Art Pawlowsche Dressur. Die Macht
der Gewohnheit...

Das Coole an der Humeschen Variante des Skepsis ist,
dass sie prinzipiell unwiderlegbar ist. Man kann nur
vermuten, dass morgen die Schwerkraft wieder alle
Dinge nach unten zieht, *wissen* kann man das nicht.
Jede Theorie gilt solange, bis ein Experiment sie
widerlegt, und solange eine Theorie *widerlegbar* ist,
kann man sich ihrer Wahrheit niemals sicher sein.

Alles ist Gewohnheit, nichts ist Gesetz. Selbst das *Ich*
wurde in Humes Skepsis aufgelöst: Er betrachete es als
ein Bündel von verschiedenen Empfindungen, die oft
zusammen auftraten und deshalb ein Einheitsgefühl
vermittelten. Aber *wem* vermittelten sie dieses Gefühl?
Wenn das Ich eine Illusion ist, dann muss eine Schicht
tiefer noch ein Ich vorhanden sein, welches dieser
Illusion zum Opfer fällt. Zweifel setzt einen Zweifler
voraus, Irrtum einen Irren. Da sind wir wieder bei
Descartes...

Lebenszeit: 65 Jahre
Durchblick: 9,9%
Wirkung: verlieh dem Wahnsinn Argumente
Coolness: -72°C

Platz 17: Albert Camus

Was ist das Hauptproblemfeld der Philosophie? Die Erkenntnistheorie? Die Ethik? Die Logik? Nach Albert Camus hat die Philosophie nur ein einziges ernsthaftes Problem, und das ist der Selbstmord.

Selbstmord – warum nicht? - so könnte die Frage des *existierenden* Menschen an die Philosophie lauten. Wieso ausgerechnet diese Frage? Weil das Leben Scheisse ist! Die Philosophen tun immer so, als wären sie im Nichts schwebende körperlose Geister, und die Welt nur aus Gedanken bestünde. Das *Sein* geht dem Denken voraus – das ist die Aussage des *Existentialismus*. Zuerst werden wir in die Existenz geschleudert, dann fangen wir an zu denken. Und das Leben ist leidvoll, ungerecht und mühsam. Wozu sich überhaupt die Mühe machen, wenn man am Ende sowieso in den Sarg wandert?

Ich weiss die Antwort nicht. Ich weiss nicht, was der Sinn des Lebens ist. Sollte das Leben gar gänzlich sinnlos sein, so kann man es dennoch mit einem sinnvollen und sinnlichen Inhalt füllen – indem man sich verliebt.

Lebenszeit: 47 Jahre
Durchblick: 40%
Wirkung: nicht so multisuizidal wie Goethes Werther
Coolness: -75°C

Platz 16: Thomas Kuhn

 Du wohnst einer Diskussion bei. Man redet sich nicht
mit *Alter* an, keiner schwört, und Wertschätzung wird
nicht mit dem Begriff *fett* ausgedrückt. Die Runde ist
also gar nicht so bildungsfern. Alter, wie machst du,
dass du den Leuten voll fett vorkommst? Nimm das
Wort *Paradigma* in den Mund – ich schwöre, das wird
Eindruck machen.

 Ein *Paradigma* ist gar nicht so fett wie es klingt. Es
bedeutet lediglich *Musterbeispiel* und hat was mit der
wissenschaftlichen Methode zu tun. In der gehobenen
Umgangssprache bedeutet Paradigma jedoch alles
Mögliche, und wird benutzt, um zu zeigen, dass man
nicht doof ist. Dieses Jahrhundertwort kommt von
Thomas Kuhn, einem fortschrittskritischen
Wissenschaftshistoriker. Kuhn war der Hegel der
letzten Jahrzehnte. Er hinterliess Heere von
sogenannten Kuhnianern, die in bester hegelianischer
Tradition noch zu seinen Lebzeiten über ihn
hinausgingen.

Lebenszeit: 74 Jahre
Durchblick: je nach Paradigma des Lesers
Wirkung: inkommensurabel
Coolness: -77°C

Platz 15: Jiddu Krishnamurti

Hatte eine aussergewöhnliche Aura, Krishna im Namen und eine sehr coole Idee. Die Zielstrebigkeit betrachtete er als eine Form der Todessehnsucht.
 Viele Menschen haben ein Lebensziel. Das gibt ihnen Kraft und Orientierung – solange sie sich auf das Ziel hin bewegen. Was aber, wenn das Ziel erreicht ist? Was ist mit Olympiasiegern, die von ihren Goldmedaillen in den Abgrund gezogen werden? Viele Spitzensportler gehen an ihren Erfolgen zugrunde, viele Superstars werden drogensüchtig und psychisch krank. Jeder zielstrebige Mensch ist ein kleiner Spitzensportler, und jeder, der das Akommen kennt, weiss, dass es den Erwartungen oft in brutalster Weise widerspricht. Man kommt am Ziel an und bricht zusammen – und hat eigentlich nichts anderes gewollt! Das Streben nach einem Ziel ist eine Manifestation des Todestriebs, und jedes Ziel steht stellvertretend für den Tod. Was ist die Lösung? Die Lösung heisst *Chillen*. Entspannen. Im Jetzt leben. Das Glück liegt im Moment, nicht im Termin.

Lebenszeit: 91 Jahre
Durchblick: 37%
Wirkung: entspannend
Coolness: -79°C

Platz 14: Zarathustra

Wo kommt bloss der *Teufel* her? Wer halt *Himmel* und *Hölle* erfunden? Beim Zeus!- nicht die alten Griechen. Zwei Milliarden Christen, eine Milliarde Moslems und zwanzig Millionen Juden glauben an diese Sachen – wo kommen sie her? Nicht dort, wo man sie klassischerweise vermuten würde – bei Abraham und Moses. Komischerweise tauchten diese drei Begriffe erst nach der babylonischen Gefangenschaft im Judentum auf, von dem sie ins Christentum und in den Islam übergingen. Die drei wichtigsten Bausteine dieser drei Weltreligionen sind ein Import aus Persien. 200 Jahre vor Sokrates lebte dort ein Philosoph mit dem imposanten Namen Zarathustra. Er setzte drei Wörter in die Welt, die Milliarden von Menschenleben entscheidend geprägt haben.

Einst hatten die Griechen die Perser aus Europa verjagt – mit spartanischem Kampfgeist und athenischem Kung Fu. Heute liest man das in Geschichtsbüchern. Glaubt aber heute noch jemand ernsthaft an Zeus? An Ares? An Athene? Hingegen hat die Hälfte der Weltbevölkerung Angst vor der Hölle und freut sich unheimlich auf den Himmel – wofür die Bedingung ist, dem Teufel kräftig einen zu widersagen.

Lebenszeit: nicht überliefert

Durchblick: sah nicht die Zukunft, sondern machte sie

Wirkung: geistige Welteroberung

Coolness: -85°C

Platz 13: Parmenides

Vom Erfinder der Hölle zum Urvater des begrifflichen Denkens. Mit der genauen Definition des *Seienden* als dasjenige, welchem das *Sein* zukommt, bildete er ein Fundament für die Philosophie und grenzte sie gegen mystische Einflüsse ab. Wenn es ein Weder-Sein-noch-Nichtsein nicht gibt, dann ist die Tür zum Nirwana zu. So nahm die westliche Philosophie eine ganz andere Entwicklung als die östliche.

In Platons Dialogen zeigt Sokrates allen, wo der Hammer hängt. Allein gegen Parmenides verliert er. Und das will was heissen. Platon gilt als ein Schüler des Sokrates, doch er ist ein geistiges Kind des Parmenides. Das ewige und unveränderliche Sein des Parmenides schlägt sich in Platons Ideenlehre nieder.

Es ist nicht witzig. Heute fängt ein Spassvogel mit dem begrifflichen Denken an, morgen entwickelt ein anderer eine systemathische Lehre und übermorgen stellt ein toller Typ die erste Theorie auf. Und da ist auch die Formulierung der Gesetze der Logik nicht weit, denn eine Theorie muss widerspruchsfrei sein.

Lebenszeit: hat sie gut genutzt
Durchblick: 71%
Wirkung: schied die Ehe von Schein und Sein
Coolness: -90°C

Platz 12: Friedrich Nietzsche

Der grösste Prophet unter den Philosophen erlag einer selbsterfüllenden Prophezeihung. Seit seiner Jugend lebte er in ständiger Angst vor dem Wahnsinnigwerden und wurde mit 45 Jahren wahnsinnig.

Nietzsche war ein Poet. Sein berühmter Spruch „*Gott ist tot*" sagte mehr über die Moderne aus, als die gesamte expressionistische Lyrik. Nietzsche war ein Chaot. Er beschwor den Europäischen Nihilismus.

Kein Philosoph wurde so fatal missverstanden wie Nietzsche – besonders die Sache mit den Übermenschen verdrehte vielen nicht gerade geistig überragenden Zeitgenossen den Kopf. Viele hielten sich für Übermenschen allein aus dem Grund, weil sie respektlos und gewissenlos waren, und einer trieb es auf die Spitze – und erntete millionenfachen Beifall.

Ein Schwein ist kein Übermensch, eher das Gegenteil. Die begriffliche Verzerrung der Wirklichkeit hat aber im letzten Jahrhundert Schule gemacht: Arbeiter heissen Arbeitnehmer das Bewusstsein des Unglücklichseins heisst Selbstmitleid. Wen wird's wundern, wenn selbstständiges Denken irgendwann mal geistige Umnachtung heissen wird?

Lebenszeit: 56 Jahre
Durchblick: 14%
Wirkung: schwer zu sagen
Coolness: -93°C

Platz 11: Sokrates

Wenn ein dreijähriges Kind seine Umgebung mit ständigem Warum-Fragen terrorisiert, ist das normal. Wenn ein jugendlicher Rebell alles in Frage stellt, ist das normal. Wenn ein Opa den ganzen Tag auf dem Marktplatz verbringt und mit jungen Kerlen diskutiert, ist das Sokratres. Seine Methode gleicht der des dreijährigen Kindes, seine Haltung der des jugendlichen Rebells.

Sokrates war *Demokrat.* Er trank Gift, weil demokratisch entschieden wurde, dass er Gift trinken sollte. Heute ist Demokratie ein Modewort in der politischen Klasse. Jeder ist im Reden ein guter Demokrat, aber wenn´s um die Praxis geht, kommt immer der Einwand: Eine Basisdemokratie können wir nicht haben, weil die Mehrheit der Leute für die Todesstrafe ist. Hat Sokrates nicht gar die Todesstrafe auf sich genommen, um der Demokratie Respekt zu zollen? Egal. Vielleicht sind wir heute schlauer. Wenn Demokratie doch nicht der richtige Weg ist, wie wär´s dann mit der Diktatur? Will auch keiner. Gut. Dann haben wir ein irgendsoein Mittelding. Das Kind braucht noch einen Namen. Vorschläge?

Lebenszeit: 71 Jahre
Durchblick: wusste, dass er nichts wusste
Wirkung: keiner weiss, was Wissen ist
Coolness: -94°C

am

Coolsten

Platz 10: Michel Foucault

Vor Pinhead aus den Hellraiser-Filmen hiess der sympathischste Glatzkopf Michel Foucault. Auch seine wichtigsten Themen waren Lust, Schmerz und Macht. Und der *Wahnsinn* darf natürlich nicht fehlen – für Foucault eine *soziale Konstruktion*, die allein dem Zweck der Machtausübung dienen soll.

Der Arzt spielt heute die Rolle des frühneuzeitlichen Inquisitors – er verfügt über die Macht, zu bestimmen, ob ein Mensch als gesund oder irre (früher: Ketzer) zu gelten hat. Vielen bekannt ist die Geschichte einer Frau, die als Besucherin in einer Irrenanstalt war und mit einer sogenannten Geisteskranken verwechselt wurde – je mehr sie sich wehrte, und je hysterischer sie schrie, sie sei nicht diejenige, für die man sie hielt, umso mehr bestärkte sie das Personal im Glauben, sie sei die Irre, die man holen wollte.

Foucault deckte die Machtstrukturen der Gesellschaft auf wie kein Anderer, seine Ansichten zu vielen Dingen waren mehr als radikal. Und er war vermutlich schlauer als Sartre, *der* französische Philosoph des zwanzigsten Jahrhunderts, der ein Einzelkind sein wollte und keinen duldete, mit dem er die Aufmerksamkeit der französischen Intelligenz teilen musste.

Lebenszeit: 58 Jahre
Durchblick: 46%
Wirkung: wohltuend für Körper und Geist
Coolness: -100°C

Platz 9: Epikur

Epikur wird oft als *Hedonist* bezeichnet – ein negativ besetzer Begriff für jemanden, der einfach nur Spass am Leben haben möchte. Dabei leben wir doch heute in einer *Spassgesellschaft*, oder? Der Begriff ist irreführend. Wir leben in einer Konsumgesellschaft, wo die Nachfrage das Angebot bestimmt. Wird Spass nachgefragt, wird Spass angeboten. Doch der kommerzielle Spass ist etwas völlig anderes, als Epikurs Lust *Hedone*, - die einzige Beschäftigung, die nach Aristoteles für Götter denkbar ist – und sie ist bei ihm ausdrücklich mit dem Denken verbunden.

Ist die heutige Spassgesellschaft eine Gesellschaft von Denkern? Gott bewahre. Die Menschen könnten doch glücklich werden und aufhören zu kaufen! Also wird anstatt Lust eine Un-Lust angeboten, der nicht glücklich macht. Aber süchtig. Drogensucht, Spielsucht, Sexsucht, Alkoholsucht, Kaufsucht, Fettsucht – so hat sich Epikur das nicht vorgestellt. Wie können wir heute trotz unserer Spassgesellschaft glücklich werden? Indem wir das Natürlichste überhaupt tun, was ein Lebewesen tut, und das ist laut Epikur Folgendes: die Unlust vermeiden. Schluss mit Unlustig!

Lebenszeit: 71 Jahre
Durchblick: 1,3 Promille
Wirkung: heilsam und entspannend
Coolness: -110°C

Platz 8: Pyrrhon

Die pyrrhonische Skepsis ist gelebte Philosophie.
Aristoteles hatte immer gute Totschlagargumente.
-Wenn du nicht daran glaubst, dass du stirbst, wenn du
diese Klippe hinabstürzt, warum stürzt du sie denn
nicht hinab, sondern siehst davon ab, o Pyrrho von
Elis? -O werter Aristoteles, siehst du denn nicht, dass
meine Schüler mich gewaltsam davon abhalten?
Heute würde man Pyrrhon einen Psychopathen
nennen. Doch zum Glück lebte er im alten
Griechenland, und verbrachte seine Lebenszeit nicht
als Gefangener in einer Irrenanstalt, sondern als hoch
angesehener Phiosoph.
Descartes glaubte nicht, was er sah. Hume glaubte
nicht an die Wirklichkeit des Nichtempirischen.
Pyrrhon glaubte gar nichts. Er hielt jede Form von
Erkenntnis für eine Täuschung, jedes Wissen für
illusorisch. Man *kann* nichts wissen, also lässt man´s
am Besten. *Ich weiss, dass ich nichts wissen kann* – ein
philosophischer Suizid des Skeptikers, der mit der
heutigen Ignoranz des Nichtwissenwollens nichts zu
tun hat.

Lebenszeit: 90 Jahre
Durchblick: null geteilt durch null
Wirkung: heute steht die pyrrhonische Skepsis unter
Strafe: Entzug der Zurechnungsfähigkeit
Coolness: -130°C

Platz 7: Arthur Schopenhauer

Seine Kunst zu beleidigen ist legendär. Er konnte auch gut mit Frauen umgehen. Die Hirnforschung hat alle seine Behauptungen bestätigt. Alle.

Das berühmte *Libet-Experiment* zeigt, dass das bewusste Ich sich erst dann willentlich entscheidet, eine Handlung auszuführen, wenn das Gehrin dem Körper bereits das Handlungsbefehl erteilt hat. Willensfreiheit ist nichts als Illusion. Das Ich hat keinen Einfluss darauf, was es tut, es wird von einer inneren Kraft dazu gezwungen (die das Ich nicht wahrnimmt und sich deshalb als freier Autor seiner Handlungen wähnt) – und hier kommt Schopenhauer ins Spiel. Diese innere Kraft ist der Wille, der alles Leben durchdringt und antreibt.

Jesus kann einpacken. Niemand braucht Erlösung. Es gibt keine Schuld, wir sind alle unschuldig und kommen alle in den Himmel. Damit unsere Gesellschaft funktioniert, darf unser Rechtssystem auf die Wahrheit natürlich keine Rücksicht nehmen, sonst bricht alles zusammen – ob ein Mörder freiwillig mordet oder eine innere Kraft ihn dazu zwingt – Hauptsache er wird daran gehindert. Das Problem: irgendwann mordet jeder Mörder zum ersten Mal, vor der Tat ist er kein Mörder. So rächt sich die Wahrheit am Recht...

Lebenszeit: 72 Jahre

Durchblick: 30%

Wirkung: persönlich und beleidigend

Coolness: -144°C

Platz 6: Thomas Hobbes

Was ist ein Naturzustand? Keine Grenzen, kein Besitz, keine Ehe, keine Polizei, keine Termine - also das Paradies auf Erden. Hobbes sah es etwas anders, und zwar wegen einer fast schon lächerlichen Bagatelle: *homo homini lupus est.* Und deshalb brauchen wir den Staat? Unsinn. Auch wenn wir nicht alle miteinander schlafen – jeder ist frei und kann tun was er will. Man kann gar nicht alle Menschen lieben. Aber bedeutet das gleich Krieg – den *Krieg aller gegen alle*? Eindeutig. Der Schulze hat mich schief angeguckt. Heute Nacht darf ich nicht schlafen – er könnte heimlich in mein Haus schleichen und mich im Schlaf erdrosseln. Ich muss mir eine Waffe besorgen. Gut. Hab ich. Aber was macht der Schulze? Er besorgt sich auch eine Waffe! Will er mich umbringen, oder was? Ich muss mein Haus befestigen. Was? Wie bitte? Der Schulze hat sich einen Bunker gebaut? Alles klar. Er hat wahrscheinlich eine Atombombe in der Garage. Muss ich auch haben. Was ist, wenn er seine zuerst zündet? Ich muss schnell meine zünden, sonst bin ich tot. BUUUUUMMM!!!!

Lebenszeit: 9 Monate in Sicherheit
          und 91 Jahre in Angst
Durchblick: warf einen Blick ins Angesicht der Furcht
Wirkung: geistiger Vater der Atombombe
Coolness: -148°C

Platz 5: Gautama Siddharta

Der Prinz Siddharta war das edelste Wesen, das je auf
Erden weilte. Aufgewachsen in purem Luxus, kannte
er Leid noch Schmerz. Als er aber zum ersten Mal
einen leidenden Menschen sah, erkannte er sofort:
Leben ist Leiden. Ein wahrer Prinz. Ein edler
Philosoph weiss: Schenkst du ein Glas Champagner ins
Klo ein, wird durch die Kanalisation Dreck und kein
Champagner fliessen. Kackst du in einen See voller
Champagner, wird's Kacke. Ein edler Mensch wendet
dieses Wissen auch an. Dieses Wissen anzuwenden
bedeutet, eine geistige Kläranlage zu bauen. Der
achtfache Weg des Buddha.

Siddharta verliess sein Paradies und wurde zum
Asketen, er litt freiwillig, um Erlösung zu erlangen,
erkannte aber: Askese ist der falsche Weg. Lockerheit
ist der Richtige. Und sie besagt: An nichts haften bleiben und nichts übertreiben – der Weg der Mitte. Dem
Buddhismus wird vorgehalten, er führe den Menschen
dazu, ein Leben als Toter zu verbringen. Da hat jemand
den Buddhismus wohl mit dem Stalinismus verwechselt. Wir Westler rennen hysterisch von einem Extrem
ins Andere. Darum bedeutet die Absage an die Begier-
den für uns Hungerstreik, Nichtsündigen kommt
Sichquälenlassen gleich, und wenn wir nicht sadistisch
sein dürfen, dann müssen wir Masochisten werden.

Lebenszeit: null=unendlich, und das ist Nirwana.
Wirkung: seine Lehre wird die Welt noch retten
Coolness: -160°C

Platz 4: Diogenes von Sinope

 Ein konsequenter Zyniker. Lebte auf der Strasse, war asozial. Die Story kennt jeder, und jeder beneidet ihn. Insbesondere und insgeheim wird er von reichen und sogenannten kultivierten Menschen beneidet, die zwar vorgeben, ihn zu verachten, aber im stillen Kämmerlein bittere Tränen der Verzweiflung weinen, dass sie nie so cool sein werden wie Diogenes. Immer müssen diese Herrschaften den etwas mächtigeren Herrschaften als sie selber in den Allerwertesten kriechen, tragen blitzblanke Anzüge, doch ihre Seelen sind ständig mit den Inhalten des Allerwertesten beschmiert. Was nützt es,- steht in der Bibel – dass du dir die Welt leisten kannst, wenn der Preis dafür deine Seele ist?
 Die Sache ist klar. Aber wie? Wie werden wir wie Diogenes? Wie werden wir Nichtbraucher? Was ist der richtige Weg zu einer glücklichen Bedürfnislosigkeit, die kein Verzicht, sondern ein Triumph ist? Es klingt zynisch, doch der Zynismus ist ein solcher Weg.

Lebenszeit: 89 Jahre
Durchblick: 4,8%
Wirkung: zynisch
Coolness: -175°

Platz 3: Emil Cioran

Ein verliebter Sechzehnjähriger liest in einem idyllischen Wäldchen Shakespeare. Wie soll er der Angebeteten seine Liebe offenbaren? Was muss er tun, um vor ihrem Angesicht zu bestehen? Was soll er ihr sagen? Am Besten Folgendes: Schlampe, komm, lass uns poppen! Das oder so ähnlich war die Art, auf die einer seiner Klassenkammeraden, ein sehr ordinärer Bursche, seine grosse Liebe rumkriegt – und mit ihr Hand in Hand an dem grossen Romantiker vorbeispaziert. In den Wald. Zum Poppen.

Nein, es brach für Cioran nicht die Welt zusammen. Für ihn brachen alle Welten zusammen, alle existierenden, alle vergangenen, alle zukünftigen, alle möglichen. Ich bin sehr skeptisch, ob sein Buch „*Lehre vom Zerfall*"jemals getoppt wird. Es gibt nur einen Weg dran vorbei: indem man die *Meinung* hat, dieses Buch sei nicht das beste, das je geschrieben wurde.

Sein weiteres Leben verbrachte Cioran in totaler Enttäuschung, herausgefallen aus der Zeit und auf den Gipfeln der Verzweiflung.

Lebenszeit: 84 Jahre
Durchblick: wer ent-täuscht ist, blickt durch
Wirkung: nicht bekannt
Coolness: -211°C

Platz 2: Ken Wilber

Jemand verglich ihn mit Thomas von Aquin. Muss ein Zyniker gewesen sein. Wahrscheinlich war´s Diogenes. Der Scholastiker fügte gewaltsam zusammen, was überhaupt nicht zusammen passte – das Christentum und die aristotelische Phlosophie. Ken Wilber *entdeckte* hingegen Zusammenhänge, wo keiner vor ihm Zusammenhänge vermutet oder gar erträumt hätte.

Die Lebens- und Schaffensgeschichte von Ken Wilber, die noch keineswegs zu Ende ist – er ist zur Zeit im besten Mannesalter - findet man in der Wilber-Biographie des Holländers Frank Visser *„Denken als Passie“*. Man erfährt, wie ein junger Kerl aus den USA die Philosophie des Ostens für sich entdeckt und eine Geistesbrücke von West nach Ost wiederaufbaut, die Parmenides vor zweieinhalb Jahrtausenden ausversehen eingerissen hatte.

Die Willkür und Beliebigkeit des relativistischen Zeitgeistes überwindet Wilber in seinem Buch *„Integrale Psychologie“*. Der Geist atmet auf: Der Psychologisierung der Philosophie kann man ein jähes Ende bereiten, indem man die Psychologie gegen sich selbst anwendet – Der Relativismus ist auch nur eine Phase der psychischen Entwicklung der Person.
Durchblick: ca. 100%
Wirkung: wiederbelebend für die Philosophie
Coolness: -240°C

Platz 1: Laotse

Cool, cooler, Laotse. Er konnte weder lesen noch schreiben, lebte in der freien Natur und mied alles was in irgendeiner Weise sozial war.

Die schlimmste Sünde der Puritaner, das Nichtstun, war für Laotse die höchste aller Tugenden: *Wu-wei*, oder das Nichthandeln. Der Weg zur höchsten Glückseligkeit, zum Tao, ist mit keinerlei Anstrengung verbunden, mit keinem Glaubensbekenntnis, mit keinem Studium kilometerdicker Bücher, auch nicht mit Gott und nicht mit glücklichem Zufall.

Das Tao ist unerreichbar, unbeschreiblich, unfassbar. Es ähnelt dem plotinischen Einen und der unendlichen Leerheit, die die ganze Fülle des Seins hervorbringt.

Cool, cooler, Laotse. Das „*Tao Te King*", die Sammlung seiner Sprüche, wurde nicht von ihm selbst erstellt. Der Legende nach lebte er 200 Jahre – vielleicht lebt er immer noch – eine Todesurkunde gibt es nicht. Was hat er denn die ganze lange Zeit über gemacht, dieser arbeitslose Analphabet ohne soziale Bindungen, ohne Religion und ohne das Fernsehen? Er hat **gelebt**, und das könnten wir von ihm lernen, von der coolsten Persönlichkeit in der Geschichte unseres Planeten.

Lebenszeit: ca. 200 Jahre
Durchblick: 120%
Wirkung: wirkt durch Nichtwirken
Coolness: -273,15°C (absolutes Cool)

Viele Dinge machen Spass, wenn man sie nicht ernst nimmt. Philosophie macht Spass, wenn man sie ernst nimmt. Philosophie als Totalitätswissenschaft, die auf das Ganze gerichtet ist, bringt die Welt voran. Gibt man sie dem Relativismus preis, wird sie zum Werkzeug für hirnrissigste Ideologien.

„Die coolsten 60 Philosophen" - das soll eine scherzhafte Mahnung sein, dass man keine Ranglisten aufstellen kann, um den besten, den klügsten, den weitsichtigsten aller Denker zu ermitteln. Die Philosophie ist kein Wettstreit – die Gedanken der Philosophen bauen aufeinander auf und entwickeln die Philosophie weiter; affirmativ, indem sie die Gedankengänge der Vorgänger weitergehen, oder dialektisch, durch den Widerstreit.

Ich mag Kant. Ganz ehrlich. Er ist exakt und konsequent, das ist höchst wissenschaftlich. Zur Einführung in die Philosophie ist er aber nicht geeignet. Und auch nicht dazu, dem Laien zu erklären, was die Philosophie mit seinem Leben zu tun hat, wieso sie für die Welt unentbehrlich ist. Die Welt kann ohne die Philosophie nicht existieren, die Philosophie ohne die Welt schon.

Die Angriffe durch die Psychologie muss die Philosophie ernst nehmen, aber sich selbst nicht psychologisieren lassen: der hobbessche Spruch *homo homini lupus est* war wohl eine selbsterfüllende Prophezeihung und hat nicht wenig zum globalen Wettrüsten beigetragen – psychologisch gesehen. Als ein guter Empiriker konnte Hobbes jedoch nichts anderes feststellen, als dass der Mensch des Menschen Wolf ist. Was philosophisch gedacht wird, wird notwendig gedacht; philosophische Gedankengänge werden zwar spontan in die Welt gesetzt, folgen jedoch keiner Beliebigkeit, sondern einer Denknotwendigkeit.

 Das Buch ist zu Ende. Für eventuelle Rechtschreib-fehler, Denkfehler und sonstige Fehler bitte ich um Verzeihung. Irren ist genauso menschlich wie Irresein, und dennoch macht der Drang nach Perfektion all die noch nicht Irren irre. Dabei weiss doch jedes Kind: Perfekt ist nur das Nichts. Alles manifeste Sein ist fehlbar.

Planet Erde, 26.03.2477 n.Sokr.Geb.

74

- *Die ganze Bibliothek von Babel.*

Danksagung

Vielen Dank!